This Notebook Belongs To:

_____

_____

_____

Date:

Date:

Date: _____
_____

Date: _____
_____

Date:

Date: _____

_____

Date: _____

_____

Date:

Date:

Date:

Date: _____
_____

Date: _____

Date: _____
_____

Date: _____

_____

_____

_____

_____

_____

_____

_____

_____

_____

_____

_____

_____

_____

_____

_____

_____

_____

_____

_____

_____

_____

_____

_____

_____

_____

_____

_____

_____

Date: _____
_____

Date: _____

Date: _____

Date: _____

_____

Date: _____

Date: _____

Date: _____

_____

Date: _____

Date: _____

Date: _____
_____

Date:

Date: _____

Date: _____

Date: _____

Date:

Date: _____

_____

Date: _____
_____

Date:

Date:

Date:

Date:

Date: _____
_____

Date:

Date: _____

_____

Date:

Date: _____

_____

_____

_____

_____

_____

_____

_____

_____

_____

_____

_____

_____

_____

_____

_____

_____

_____

_____

_____

_____

_____

_____

_____

_____

_____

_____

_____

_____

_____

Date:

Date:

Date: _____
_____

Date: _____

Date: _____

Date:

Date: _____
_____

Date: _____
_____

Date: _____

_____

_____

_____

_____

_____

_____

_____

_____

_____

_____

_____

_____

_____

_____

_____

_____

_____

_____

_____

_____

_____

_____

_____

_____

_____

_____

_____

Date:

Date:

Date: _____

Date: _____

_____

_____

_____

_____

_____

_____

_____

_____

_____

_____

_____

_____

_____

_____

_____

_____

_____

_____

_____

_____

_____

_____

_____

_____

_____

_____

_____

Date: _____
_____

Date: _____

Date: _____

Date: _____
_____

Date:

Date:

Date:

Date: _____

Date: _____

Date:

Date: _____

_____

Date: _____

Date: _____

Date: _____
_____

Date:

Date: _____

Date: _____
_____

Date:

Date: _____

_____

Date: _____
_____

Date: _____
_____

Date:

Date: _____
_____

Date: _____

Date:

Date: _____
_____

Date:

Date: _____

Date: _____
_____

Date: _____

Date:

Date:

Date: _____
_____

Date: _____
_____

Date: _____
_____

Date: _____

Date: _____
_____

Date: _____
_____

Date: _____
_____

Date: _____
_____

Date: _____
_____

Date: _____

Date: _____

Date: _____
_____

Date:

Date: _____

Date: _____
_____

Date: _____

_____

Date:

Date: _____

Date: _____

Date:

Date: _____
_____
_____
_____
_____
_____
_____
_____
_____
_____
_____
_____
_____
_____
_____
_____
_____
_____
_____
_____
_____
_____
_____
_____
_____
_____
_____
_____
_____
_____
_____
_____

Date: _____

Date: _____

Date: _____
_____

Made in the USA
Monee, IL
03 December 2020

50638761R00066